TI VOGLIO BEN[E] MAMMA
I LOVE MY MOM

Shelley Admont
Immagini a cura di Sonal Goyal e Sumit Sakhuja

www.kidkiddos.com

Copyright©2014 by S. A. Publishing ©2017 by KidKiddos Books Ltd.

support@kidkiddos.com

Third edition, 2018

Translated from English by Annalisa Langone
Traduzione dall'inglese a cura di Annalisa Langone

Library and Archives Canada Cataloguing in Publication
I Love My Mom (Italian English Bilingual Edition)/ Shelley Admont
ISBN: 978-1-5259-1188-0 paperback
ISBN: 978-1-77268-577-0 hardcover
ISBN: 978-1-77268-219-9 eBook

Please note that the Italian and English versions of the story have been written to be as close as possible. However, in some cases they differ in order to accommodate nuances and fluidity of each language.

KidKiddos Books

Per quelli che amo di più-S.A.
For those I love the most-S.A.

L'indomani era il compleanno della mamma. Il piccolo coniglietto Jimmy ed i suoi due fratellini più grandi stavano bisbigliando nella loro cameretta.

Tomorrow was Mom's birthday. The little bunny Jimmy and his two older brothers were whispering in their room.

"Non abbiamo ancora nessun regalo," disse sospirando il secondogenito.

"We still don't have any present," said the middle brother, sighing.

"Fammi pensare" replicò il fratello maggiore. "Il regalo per la mamma dovrebbe essere qualcosa di veramente speciale."

"Let's think," replied the oldest brother. "The present for Mom should be very special."

"Ehm..." Jimmy iniziò a pensare intensamente. Improvvisamente esclamò: "Posso darle il mio giocattolo preferito, il mio trenino!" Lo prese dalla scatola dei giocattoli e lo mostrò ai suoi fratelli.

"Ahm..." Jimmy started thinking hard. Suddenly he exclaimed, "I can give her my favorite toy — my train!" He took the train out of the toy box and showed it to his brothers.

"Non penso che alla mamma interessi il tuo trenino" disse il fratello maggiore. "Abbiamo bisogno di un'altra idea. Qualcosa che possa davvero piacerle."

"I don't think Mom likes trains," said the oldest brother. "We need another idea. Something that she will really like."

"Possiamo darle un libro," urlò felice l'altro fratello.

"We can give her a book," screamed the middle brother happily.

"Un libro? È un regalo perfetto per la mamma" replicò il fratello maggiore.

"A book? It's a perfect gift for Mom," replied the oldest brother.

"Sì, possiamo darle il mio libro preferito" disse l'altro fratello avvicinandosi alla libreria.

"Yes, we can give her my favorite book," said the middle brother as he approached the bookshelf.

"Ma alla mamma piacciono i gialli" disse Jimmy con tono triste, *"e questo libro è per bambini."*

"But Mom likes mystery books," said Jimmy sadly, "and this book is for kids."

"Hai ragione" concordò l'altro fratello. "Che cosa potremmo fare?"

"I guess you're right," agreed his middle brother. "What should we do?"

I tre fratellini coniglietto rimasero seduti a pensare senza far rumore, fino a quando, finalmente, il più grande disse:

The three bunny brothers were sitting and thinking quietly, until the oldest brother finally said,

"C'è solo una cosa che mi viene in mente. Qualcosa che possiamo fare con le nostre mani, ad esempio un bigliettino d'auguri."

"There is only one thing that I can think of. Something that we can do by ourselves, like a card."

"Possiamo disegnare milioni di milioni di cuori e baci" disse il secondogenito.

"We can draw millions of millions of hearts and kisses," said the middle brother.

Cominciarono subito a lavorare con entusiasmo.

They all became very excited and started to work.

I tre coniglietti lavorarono tanto. Iniziarono a tagliare, incollare, piegare e dipingere.

Three bunnies worked very hard. They cut and glued, folded and painted.

Jimmy e il secondogenito disegnarono i cuori e i baci. Alla fine, aggiunsero ancora altri cuori ed altri baci.

Jimmy and his middle brother drew hearts and kisses. When they finished, they added more hearts and even more kisses.

Poi il fratello maggiore scrisse con lettere grandi:

Then the oldest brother wrote in large letters:

"Buon compleanno, Mamma! Ti vogliamo taaaaaaaaaaaaanto bene. I tuoi piccoli."

"Happy birthday, Mommy! We love you soooooooo much. Your kids."

Finalmente il bigliettino d'auguri era pronto. Jimmy sorrise.

Finally, the card was ready. Jimmy smiled.

"Sono sicuro che alla mamma piacerà" disse strofinando le mani sporche sui suoi pantaloni.

"I'm sure Mom will like it," he said, wiping his dirty hands on his pants.

"Jimmy, cosa stai facendo?" urlò il fratello maggiore. "Non hai visto che le tue mani sono piene di colla e di pittura?"

"Jimmy, what are you doing?" screamed the oldest brother. "Don't you see your hands are covered in paint and glue?"

"Oh, oh..." disse Jimmy. "Non me ne ero accorto. Mi dispiace!"

"Oh, oh..." said Jimmy. "I didn't notice. Sorry!"

"Ora la mamma dovrà fare il bucato il giorno del suo compleanno" aggiunse il fratello maggiore guardando in maniera severa Jimmy.

"Now Mom has to do laundry on her own birthday," added the oldest brother, looking at Jimmy strictly.

"Nemmeno per sogno! Non lascerò che succeda!" esclamò Jimmy. "Laverò da solo i miei pantaloni." Cominciò ad andare verso il bagno.

"No way! I won't let this happen!" exclaimed Jimmy. "I'll wash my pants myself." He headed into the bathroom.

Insieme lavarono i pantaloni di Jimmy togliendo colla e pittura e li misero ad asciugare.

Together they washed all the paint and glue from Jimmy's pants and hung them to dry.

Tornando verso la loro cameretta, Jimmy buttò un'occhiata nel soggiorno e vide che la loro mamma era lì.

On the way back to their room, Jimmy gave a quick glance into living room and saw their Mom there.

"Guardate, mamma sta dormendo sul divano" sussurrò Jimmy ai suoi fratelli.

"Look, Mom is sleeping on the couch," whispered Jimmy to his brothers.

"Le porterò la mia coperta" disse il fratello maggiore correndo verso la loro cameretta.

"I'll bring my blanket," said the older brother who ran back to their room.

Jimmy si fermò ad osservare la sua mamma mentre dormiva.

Jimmy was standing and looking at his Mom sleeping.

In quel momento, sorridendo, realizzò quale sarebbe stato il regalo perfetto per la loro mamma.

In that moment he realized what the perfect gift for their Mom should be.

"Ho un'idea!" disse Jimmy, mentre il fratello maggiore tornava con la coperta.

"I have an idea!" said Jimmy when the oldest brother came back with the blanket.

Gli bisbigliò qualcosa e tutti e tre i coniglietti, sorridendo intensamente, fecero un cenno di assenso con la loro testa.

He whispered something to his brothers and all three bunnies nodded their heads, smiling widely.

Senza fare rumore, si avvicinarono al divano e coprirono la loro mamma con la coperta.

Quietly they approached the couch and covered their Mom with the blanket.

Ognuno di loro le diede un bacino delicato e le sussurrarono "Mamma, ti vogliamo tanto bene."

Each of them kissed her gently and whispered, "We love you, Mommy."

La mamma aprì gli occhi. "Oh, anche io vi voglio tanto bene" disse sorridendo ed abbracciando i suoi piccoli.

Mom opened her eyes."Oh, I love you too," she said, smiling and hugging her sons.

La mattina successiva i tre fratellini coniglietto si alzarono molto presto per preparare il regalo a sorpresa per la mamma.

The next morning, the three bunny brothers woke up very early to prepare their surprise present for Mom.

Si lavarono i denti, sistemarono perfettamente i loro letti e controllarono che tutti i giocattoli fossero in ordine.

They brushed their teeth, made their beds perfectly and checked that all the toys were in place.

A quel punto, si diressero nel soggiorno per togliere la polvere e lavare a terra.

After that, they headed to the living room to clean the dust and wash the floor.

Poi andarono in cucina.

Next, they came into the kitchen.

"Preparerò il toast preferito della mamma con la marmellata di fragole" disse il fratello maggiore "e tu, Jimmy, puoi preparare il suo succo di arancia fresco."

"I'll prepare Mom's favorite toasts with strawberry jam," said the oldest brother, "and you, Jimmy, can make her fresh orange juice."

"Prenderò qualche fiore dal giardino" disse l'altro fratello uscendo dalla porta.

"I'll bring some flowers from the garden," said the middle brother who went out the door.

Dopo aver preparato la colazione, i coniglietti lavarono tutti i piatti e decorarono la cucina con fiori e palloncini.

When breakfast was ready, the bunnies washed all the dishes and decorated the kitchen with flowers and balloons.

I tre fratellini coniglietto felici entrarono nella camera della mamma e del papà con il bigliettino d'auguri, i fiori e la colazione pronta.

The happy bunny brothers entered Mom and Dad's room holding the birthday card, the flowers and the fresh breakfast.

La mamma era seduta sul letto. Sorrise non appena cominciò ad udire i suoi figlioletti cantarle "Buon compleanno" mentre entravano nella camera.

Mom was sitting on the bed. She smiled as she heard her sons singing "Happy Birthday," while they entered the room.

Tutti insieme urlarono: "Mamma, ti vogliamo tanto bene."

"We love you, Mom," they screamed all together.

"Questo è il compleanno più bello che abbia mai festeggiato!" disse la mamma baciando i suoi piccoli.

"It's my best birthday ever!" said Mom, kissing all her sons.

"Non hai ancora visto tutto" disse Jimmy facendo l'occhiolino ai suoi fratelli. "Dovresti controllare la cucina e il soggiorno!"

"You haven't seen everything yet," said Jimmy with a wink to his brothers. "You should check the kitchen and the living room!"

CPSIA information can be obtained
at www.ICGtesting.com
Printed in the USA
BVHW092226141020
591040BV00004B/205

9 781525 911880